伊豆に歌えば

鎌倉瑞江第一歌集

鎌倉瑞江

文芸社

目次

文学とは何かに答える

「文学とは何か」

ジャン＝ポール・サルトル

私はこの大きな標題に対し、畏れ多くもこのたびの私の短歌作品、小さな歌集ではありますが、「伊豆に歌えば」を出版することにより、敢えてこの問いに対する私の答えとさせて頂くこととした。

文学ってこのようなものではなかろうか、と常日頃考えており、作品を以って示すことがその答えの一端となるに相違ないと信じている者だからである。

読者の皆様のご判断を仰ぎたい。

鎌倉　瑞江

無名戦士の墓

パリ留学中、ノルマンディー地方周遊の
旅の途中に立ち寄りて、
ノルマンディー上陸作戦犠牲兵士達の墓
に詣ず

麗らかに癒えしの如くすみれ花咲き乱れいる無名戦士の墓

遠き時遠き所を経《へ》にけれど痛み分かつと墓石を撫《な》づる

野に眠る英霊《みたま》と語らふ野の送りあるとあらぬと人去りゆくを

幾千の煙ねじれて捩《よじ》れゆくを見晴るかしけれこの地この野に
年老ひてやがて訪ひ来む清《すが》しかりし山川生《お》ふる故郷《ふるさと》のみどり児
ささやけき我が学ぶ日の訪れを幸《さきは》ひとしも野辺の送りと

撫子《なでしこ》の花咲く頃に又来むを涙の滴《しずく》拭ひ去らめと

謂《い》われなき運命《さだめ》の激痛《いたみ》去《い》ぬる世を祈りて異邦の我が名記《しる》帳しし

挽歌

平成八年八月一日夫逝く

たまきはる命なりしを蟬しぐれ降り頻《し》く朝《あした》君はかく逝き

雨戸鎖《さ》し人鎮もれる暁に忍びて階《きざはし》降り給ひしか

刃持て鋭き痛み与へつつ堪《こら》へつつ逝くもののふの道

何故《ゆえ》に決意は固く何故《ゆえ》に何伝えむと上げし血飛沫《ちしぶき》

血に濡れて斃《たお》れし姿ますらおの母へと還る旅の姿や

ひまわりの花咲く野辺に子と吾の瞳滲《にじ》ませ骨となりにし

ひとすじの煙たちゆくその果たて君消ゆるなき思ひあるべし

天の父居まさむ苑《その》に永遠《とこしえ》に御霊《みたま》鎮めて眠れと祈る

近づく一周忌に寄せて

アマリリス赤く驕《おご》れるかの夏を又迎えむとはこべ除くや

鈴蘭の甘き香りに蘇《よみが》えるかの日かの時かの悲しみが

濃き赤き海棠しだれて花曇り炎《ほむら》揺れいし雪洞《ぼんぼり》は遠く

花瑞木 縁《えにし》 持つ名を愛《いと》おしみ清《さや》ぐ卯月の運勢《ほし》に伏しぬ

佇《たたず》みて桜吹雪を舞ひ受けぬ幾年《いくとせ》来ぬるとひとひら拾ひぬ

あやめ競ふ潮来《いたこ》の水に手を浸《ひた》すかたち賢くあらめと願ひて

柿若葉そよぐ窓辺の朝な夕な手《た》向くる我にし霊《たま》鎮めむと

夏雲の白く湧き立つ国つ辺《あた》り君在《ま》すらむや花咲くらむや

伊豆に歌えば

西伊豆戸田《へだ》に一日遊びて詠める歌　三十首

学びたき心日ごとにひたむきに伊豆路のぼりてゆく我が五十路《いそじ》

黄金なすみかんの傍《かた》へ過ぎゆけば何処《いづこ》にありや青き若き日

駿河湾波穏やかに畝《うね》りいて白帆軽《かろ》けく漁火《いさりび》を過ぐ

渡り来る心地良き風胸に吸ひ座す船上に響くドラの音《ね》

一面に輝く水面《みなも》湯煙りに煙《けぶ》らふ伊豆の青き山々

透きて見ゆ回遊の様《さま》鮮やけく澄みに澄みける伊豆の海かな

耀《かがよ》える淡き 灯《ともしび》 沖にして群れなす魚の澄める音聴く

畏《おそ》れ知らぬ奢りと猛きと高波と水底《みなそこ》深く人の眠れる

揺れる藻の間《あわい》に秘めて棲む魚もなべてはやさしき海に呑まるる

永遠《とわ》の静寂《とき》越えて波打ち胸を打ち輪廻の波亦《また》絶ゆることなし

ああ幾億年経《へ》たりて今ぞこの水際《みぎわ》この辺に佇《た》てる我の現《うつ》し世

ひと滴《しずく》眦《まなじり》ゆるく垂らしむるパリの日思ほひ黙して佇《た》ちぬ

国出でて異郷を故郷《さと》とし彼《か》の友は遙けくアメリカに住み給ひけり

はぐれ合ふ対《つが》ひの雛を忘らめや春萌えざりて幻と紛《まご》ふも

虹立てと波路《なみじ》に祈りて投ぐるなり椿一輪かのボストンへ

潮満ちて時至りなば巡り来む春の一日《ひとひ》は見《まみ》ゆる朝は

この国の花冷え長く馴染《なじ》めずば出《い》で発つ我が日の又来ぬるべし

友と我異郷《ふるさと》ふたつ出会ふ日は桃の香清《すが》しき望月たれかし

薄紅《うすべに》の衣《ころも》となして風渡る伊豆の旅路の犬枇杷の花

たわわなる犬枇杷揺れて花嵐舞へばほぐるる我が心かな

この円《まろ》き実は古《いにしえ》の公達《きんだち》の名残り尽きなき涙の粒や

はたまたは海に沈みて恨み果てぬ女人《にょにん》の化身やこの紅《くれない》は

雛あられ過ぎて若葉の新芽どき散り落ちゆかむこの山里に

鈴なりの石垣いちごの赤き実や極楽トンボの勝鬨《かちどき》の声して

白壁に吊り行灯《あんどん》映ゆ天神屋父蘇り来るとろろ山かけ

由比浜の色美《うるわ》しう桜えびかまぼこ溢るる茶店鈴廣

焼津また夕餉の魚の溢れいてこの東海の溢るる恵み

過ぎし日の十二単衣の思ひ出や三保の松原いつしか過ぎぬ

夕凪ぎて夕映えの海眼に胸に伊豆の潮鳴り海鳴りの音

嫋《たを》やけく明日《あした》老ひゆく天地《あめつち》にま向かふ今日の一日《ひとひ》の憩い

鹿児島紀行

降り立ちて御簾《みす》より覗《のぞ》く鹿児島は久光公《じじさま》治むる薩摩なりけり

薩摩なる遠きふるさと父祖の世を幾年《いくとせ》経《ふ》りてし後の逢ひかな

国想ふ斉《なり》（昭）斉《なり》（彬）さまの密約《ひめごと》や受け継がれ来し叶えむこころ

粛々と進む行列思ひきや生麦村《なまむぎむら》ののどけき野路に

ひと粒の麦とし聞かむ野の路《みち》に激しく走りし駕籠《かご》なるみ声

〝斬れ〟

込みあぐる思ひは秘めて訪れぬひとり訪ふ身は何を背負へる

今はただ御霊《みたま》安かれヨコハマの外人墓地に眠れるお人

早やも咲く桜一輪父祖の地は柔ら陽射して街ととのひ居る

祖父母らの見ざりし山野山川よ一木一草げになつかしき

家々の垣根清《すが》しく刈り込まれ我が田舎家《いなかや》もここに依るべし

ちみ切れ草咲きて匂へる生垣《いけがき》の薩摩の色濃き家に生まれぬ

門《かど》入れば光遍《あまね》く溢れいて葉裏《はうら》に黄金《こがね》の円《まる》き夏柑

身に余る慈悲と今知る中庭に池を給ひて舟浮かべしは

ざくろ咲き山つつじ咲き金木犀香る傍《かた》えに南天ありて

白梅に目白　鶯《うぐひす》小さけれど石灯籠やじじ苔《ごけ》の脇

キャンデー盛り家族涼みて眺めしもかの夏かの庭懐かしきかな

かるかんに涙溢るる然《さ》りながら蝕《むしば》まれし傷未《いま》だ癒《い》えざる

墓ひとつ暴《あば》きたきありタダスケを追ひ返さむと火花散らしし

憤《いきどほ》りなほ蘇《よみが》へる憎しみの思ひ出あらば墓は探さぬ

アメとムチ骨砕《くだ》けよと我が家にしとど注《そそ》がる何の理《ことわり》

おいどんよ知るや知らずや忍ぶれど殿の血を引く我が訪れぞ

縁結び切に願ひて霧島の朱《あか》き社《やしろ》の鳥居を潜《くぐ》る

屋久杉の力漲《みなぎ》る太柱《ふとばしら》我にもがもなそのみ力を

思へらく若武者鎧《よろ》ひて槍持ちて此の地ゆ出《い》でて吼《ほ》え暴《あば》れたる

南国の激《たぎ》ち溢るる熱き血は激しき幕末《とき》を喝《かわ》きたりしか

国を憂ふやさしき心根《こころね》おいどんよ長州を容《い》れ海舟を容《い》れ

西郷や篤や小松や利通や命頂き今ぞありける

知覧また罪なき若者泣き濡れて飛び立ち征《ゆ》きぬ往きて還らず

道に立つ灯籠の由来《いはれ》天が下知ろしめすべし拳《こぶし》挙ぐべし

英霊《みたま》想ひその母想ひ国家《くに》思ひ犬死《いぬじに》思ひて終戦《いま》を思ひぬ

桜島永遠《とわ》に在《ま》ししてここかしこ眠れる志士を抱《いだ》き止《や》まなむ

ロシア紀行

〝琥珀の間〟を観にサンクトペテルブルグへ、
小雪降る日のエカテリーナ宮殿《ツァールスコエ・セロー》を訪ふ

唯見むとウラルを越ゆる還暦やロシアの白き雪を今日踏む

あな擬宝珠《ぎぼし》!!　シルクロードやサラセンや雪に鎮もる暁《あけ》のモスクワ

遠く倹《つ》ましき国と思《も》ひ来し永らへば胸に手を置き聖寺院《イサク》を仰ぎぬ

マリーインスキー曲がれば音楽院《ムージカ》曇天《どんてん》に旅ゆく眼もてバスに過ぎゆく

思ひ出は千々《ちぢ》に乱れて朧《おぼろ》なり栄誉《ほまれ》に咽《むせ》ぶ友の呼ぶ声
〝瑞江さん、貴女の分も一生懸命弾きました。〟

幼な日は凪《な》ぎて耀《かがよ》ふ浅き夢ブブノワは我にやさしかりにし

重きこと生業《なりはひ》の涙のみなるや渡辺《シゲオ》・横田《メグミ》が不意に過《よぎ》りぬ

免《まぬが》れて今日の幸《さきは》ひこの水郷《みず》の雅《みやび》ある街経《へ》めぐりゆける

沁《し》み入るは淡きみずいろサーカスの道化師《ジンタ》の切なき哀しき調べ

我に伝ふベアテの赤き糸ありぬ赤誠《まこと》捧げて父レオ偲《しの》ばな
去り難きネフスキーかなささやかに酒盛《さか》りて知る豊けき国を
眩《めく》るめく饗宴《うたげ》や酔ひどれ貴族在《びとま》さぬ宮殿《セロー》を訪へば粉雪は舞ひ

大帝の愛《め》でましし妃は我が訪へるマリエンベルクの乙女なりしと

アナスタシア・ドクトルジバーゴ何処《いづこ》にと淋しく恋ひて心に呼びぬ

琥珀間や精緻《たくみ》の極致《きわみ》疎《うと》みつつ身は感動に打ち包まれて

なれど聞く声なき声の悲しみが槌《つち》にこもりて尚息づくを

幾億の民の涙ぞ汗よ血よ陰顕《かげた》たしめずネバは流るる

ピョートルの大きみ心諾《うべな》へど復《ま》た還るなき逝きし人々

哀愁の歴史遍《あまね》く織りなして聖都に三色旗翻《ひるがへ》りけり

雪止みて雀ヶ岡に夜は明けぬ道過《あやま》たず飛べよと告げむ

街

江東区東陽町に住みて八年、
春夏秋冬毎年繰り返される年中行事を詠める

除夜の鐘聞き終りしに顔洗ふ若水汲むは年の慣ひぞ

すでにして人は群れおり初詣《はつもうで》せむと小暗き夜道を行けば

笛は飛び力士も交じりて人いきれ富岡八幡大行列なり

東《ひんがし》の空染め上げて初日の出仰がむと待つ元日の朝

東京に降り積む雪や花冷えの庵《いほり》飾りて春待つこころ

一本《ひともと》の桜ありけり凄《すさ》まじく春の一日《ひとひ》に狂ひ吹雪ける

神の怒り斯《か》くやありけむ斯《か》くやある激しき様《さま》を止《と》むる術《すべ》なく

見納めて問はば答へむ思ひ出はこの素晴らしき桜吹雪と

秘めごとを秘めて進めし静けさや本所松坂吉良邸に立つ

吉良の首ここに挙げられたまきはる雪の夜ゆ時は過ぎ来ぬ

人知れず煙に燻《く》ゆる内蔵助《おおいし》の深き涙を誰をか泣かぬ

諍《いさか》ひの因《もと》塩と聞く今の世の塩もて訪ふべし吉良の華蔵寺《けぞうじ》

民ふたつ友情《とも》のしるしと笑み合ひて盃あげ合ひしと赤穂良きかな

嵌《は》められてあまたの女死にゆけるあはれ一夜のシネマに泣きぬ

たけくらべ・にごりゑ・浮雲・唐人お吉寄する涙の涸《か》れ果つるなし

しばしなれ凪ぎて明るき時はあり〝カルメン故郷に帰る〟〝君の名は〟

日に月に女の力増しにけり忍びし月日遠離《ざか》りゆく

従順なる御船千鶴子の美しさ陥《おとしい》れし者名乗り出でたし

四季の花彩《とりど》りに咲く小径《こみち》ゆき癒《い》やされ満たされクッキング教室

ひたすらに通ひ詰めし時知る由もなし黄金《こがね》・銀《しろがね》産み出だすとは

うちわ差し鉢巻きねじりて賑やかに神輿《みこし》練りゆく夏祭りかな

江戸を今にその心意気伝へてや門前町は浴衣《ゆかた》に溢れ

アセチレンの匂ひ微《かす》かに綿アメも金魚掬《すく》ひも夜店に見ゆる

可愛ゆきこと限りなし豆バレリーナ無料とて座る秋の芸術祭

願はくば幸よ多かれ清らけく爪立《つまだ》ち舞へる明け暮れなれかし

幕上がり魔笛の舞台は広ごりぬ今宵《こよひ》酔ひつつ区政褒《ほ》むかな

誰やらむオーケストラを聴きおれば振り向き我に微笑《ほほえ》む指揮者

思ひきやかの日契りし外《と》つ国のかの幼な日の幼な友とは
名を成して君来給《たま》へり遥か日の小さき約束果たされ給ひき
うじうじと裏あるは知らね聴衆のひとりと今は畏《かしこ》みて聴く

はるか来て一人歩める朝ごとのリュクサンブールの庭懐かしも

朝まだき街灯《がいとう》ともるバス停に吐く息白くソルボンヌへの道

命かけ涙ぐましくも学びしかな中年の星我が身褒《ほ》むべし

虹のかなたリンダーホフをも訪ひし身に幾たび巡りしこの街に桜は
堀川の水面《みなも》は今日も照り映ゆる故郷《ふるさと》たらむこの街去る日に

郵 便 は が き

料金受取人払郵便

新宿局承認

7553

差出有効期間
2024年1月
31日まで
（切手不要）

1 6 0-8 7 9 1

141

東京都新宿区新宿1－10－1
(株)文芸社
愛読者カード係 行

ふりがな お名前		明治 大正 昭和 平成 年生 歳			
ふりがな ご住所	□□□-□□□□			性別 男・女	
お電話 番 号	（書籍ご注文の際に必要です）	ご職業			
E-mail					
ご購読雑誌（複数可）		ご購読新聞 新聞			

最近読んでおもしろかった本や今後、とりあげてほしいテーマをお教えください。

ご自分の研究成果や経験、お考え等を出版してみたいというお気持ちはありますか。

ある　ない　内容・テーマ（　）

現在完成した作品をお持ちですか。

ある　ない　ジャンル・原稿量（　）

名				
買上店	都道府県	市区郡	書店名	書店
			ご購入日	年　　月　　日

書をどこでお知りになりましたか?
1.書店店頭　2.知人にすすめられて　3.インターネット(サイト名　　)
4.DMハガキ　5.広告、記事を見て(新聞、雑誌名　　)

の質問に関連して、ご購入の決め手となったのは?
1.タイトル　2.著者　3.内容　4.カバーデザイン　5.帯
その他ご自由にお書きください。

(　　)


書についてのご意見、ご感想をお聞かせください。

内容について

カバー、タイトル、帯について

弊社Webサイトからもご意見、ご感想をお寄せいただけます。


協力ありがとうございました。

お寄せいただいたご意見、ご感想は新聞広告等で匿名にて使わせていただくことがあります。

お客様の個人情報は、小社からの連絡のみに使用します。社外に提供することは一切ありません。


書籍のご注文は、お近くの書店または、ブックサービス(0120-29-9625)、セブンネットショッピング(http://7net.omni7.jp/)にお申し込み下さい。

少年田中角栄を想ふ

山梨県甲州市恵林寺《えりんじ》を見に、
観光バスで関越道を走行中、
ガイドの話を聞きて詠める

雪深き国の生まれを憂ひとし都へ通ふ道造らむと

朝星に夕星重ね荷車の音軋《きし》ませて越ゆる山道

雪もよひ潮風すさぶ日の暮れに峠ひとつを越えねばならぬ

凍《こご》えゆくこの山越えに道あらめトンネルあれと少年の志

幻のごとく思ひぬ年老ひてマヒの手振るる翁《おきな》見し時

去りゆく身ふるさと人《びと》の御《おん》前に晒《さら》し給ひぬ罪流れしならむ

愛《いと》しくも窓開けくれし乙女娘《をとめご》は我が胸を刺し棲みて離れぬ

遠き祖《おや》火を放てしてふ御《み》寺見むと今し過ぎゆく関越道を

花

天竺葵《ゼラニウム》真っ赤に咲き継ぐ様《さま》愉《たの》し我が絶ゆるなき血とこそ思《も》へとや

道の辺《べ》の妖《あや》しき紅《あけ》に心魅《ひ》かれ付けよと手《た》折りて挿《さ》し植えしもの

すでにして小さき蕾《つぼみ》は朱を莟《ふふ》み楊貴妃の毒沙華《しゃげ》赤きが如し

天竺《てんじく》の赤土《さばく》堪へにしあだ花や愛《め》づれば揺るる心ありけり

眼前に咲く花の素《もと》日本列島《しきしま》にいつより渡りて来たかは知らぬ

隊商《キャラバン》の運びしものやはたまたは唐土《もろこし》の地に風に乗りてか

聞くならく山越え河越え砂越えて天竺《てんじく》の国境《みち》いと険しきと

更に聞く波風《なみかぜ》頼みの命旅《いのちたび》遣唐使船は還り来たりぬ

遙かなる時代《とき》へ思ひは駆け巡る瞼《まぶたよぎ》過るは難《かた》きその旅

さあれあれ秋の気配になほ咲ける強き生命力《いのち》は眩《まぶ》しかりける

吾が庭に怪《あや》しく根付きし天竺葵《ゼラニウム》願《ぐあん》結実のしるしなるべし

思ひ出《い》づるかの曇りなき日山百合に護り給へと願かけしこと

又かの日朝顔数へて比するなき沁《し》み入る濃紺《あお》に吸ひ寄せられし

咲き誇る酔芙蓉の花八重咲きに酔ひて道なる小枝挿《さ》ししを

草刈れば跡地に一輪ポピー咲きあな不思議やと人の瞠《みは》るる

地に埋《うづ》む黄水仙の球根《たま》草除《の》けば後《おく》れて芽吹くに抜きて咲きしも

鉢の土かたく干《ひ》涸《か》らび乾けるに茎《くき》甦りきてペチュニアの花

我が周《めぐ》り花咲く不思議数あれば花の御国《みくに》の便りにあらむ

岸

勅題「岸」（平成二十四年）

明け初まぬ遠靄《とおもや》昏《くら》き琵琶湖岸太古《いにしへ》も深く鎮もりていむ

奉納の楽器抱える純朴の乙女も交じりて岸へと上陸《あが》る

島守りの媼《おうな》やさしも岸沿ひの店を巡れば茶をば勧むる

迎え船現《あ》れてうれしき竹生島《ちくぶじま》旅人岸に群れて手を振る

長閑《のどか》なる放牧車窓《まど》にひた走り辿《たど》り着きしはキームの岸辺

薄もやに煙《けぶ》るみずうみキーム湖の岸辺に早やも人は船待つ

歓迎の日本語見ゆる横断幕いで立ち彩《とりど》り岸辺の賑はひ

向岸《きし》に待たむ馬車に乗らむとまぼろしのヘレンキームゼー城胸に秘めつつ

在《お》はしまさば彼《か》の王岸の人群れに独りの憂ひ癒《い》やされまししを

大連の港出でゆく船見むとはるばると来て岸壁に立つ

過ぐる日に幾万の涙流れしやこの岸壁に偲ばむと来し

ごった返し圧《へ》し合ひしてし桟橋《さんばし》や岸壁を打つ波何をか語る

発《た》ちてゆく船見送りて岸壁に引き揚げ船の蒸し底被《かぶ》りぬ

かなたなる岸壁の母偲ばるる釜山《プサン》に来《きた》れば波の間に間に

岸近きチャガルチ市場は朝獲《ど》れの魚溢るる明かりも人も

桟橋《さんばし》に残れる涙知らぬ気《げ》に岸の市場は賑はひ止まぬ

売らむかな掛声高きかの市場岸の別離の涙乾くや

西湖畔白く清《すが》しき蘇東坡《そとうば》の出迎え受けて岸へと入りぬ

そぞろ歩く西湖のほとり岸辺ゆく中禅寺湖の水音《なみ》に似るかも

海見たし願ひ叶ひて遠足に岸の砂浜初に見しかな

この先にアメリカありと初に聞き岸の浜辺に下りて名呼びぬ

おむすびの海苔《のり》の黒きを競ひつつ岸辺に憩ひし遠足の思ひ出

あとがき

世界一難解な、とは言わないまでも、その部類に入る本にサルトルの『存在と無』という本があります。〝こんな本のどこがいいのか、何がいいのか、無機質で無味乾燥、チンプンカンプン、何を言っているのかさっぱりわからない……〟と大抵の人は文句を言って敬遠し手にも取ろうとしないが、二十代の頃、私には決してそんなことはなく、苦もなく楽に読み進めてゆくことの出来る面白くて仕方のない私の愛読書であった。

フランス人女性シモーヌ・ド・ボーヴォワールの『娘時代―ある女の回想』が本邦初訳、初めて日本語に訳されて衝撃的に華々しく日本に登場したのは忘れもしない私が大学三年生の時であったが、この新しい女性の生き方にみんな夢中になって読み浸り、多くの女性陣の圧倒的な支持を得て、大いに世間を賑わせ大いに話題になったものである。

ご多分に洩れず私もみんなと同じように夢中になって読み、次の本の翻訳が出るのが待ち遠しくて仕方なかったものである。

が、一連の彼女の生涯ものを一通り読み終えると、生意気にも私はそのうち飽きてしまい〝何だこれは、彼女の人生にあったことを事実として、その事実を並べているに過ぎないではないか〟と思うようになり、ちょっと飽き足りない思いを抱くようになった。そして背後にチラつく、名前だけは知っていても、読んだことはなかったサルトルのものも手に取るようになり、事実を並べるだけのボーヴォワールとは違い、サルトルの方が記述の仕方に深みがあると思えて段々深みに嵌まってゆき、自分はボーヴォワールよりもサルトルに近い方の人間であると思うようになった。

とは言え、彼の書く戯曲などには興味は全く湧かず、専ら『文学とは何か』『自由への道』『存在と無』といった論文ものへと傾いて行ったのであったが。

そして『存在と無』を読んでいた時、その中でサルトルが、自分は論文は書けても短い小さな詩のようなものは苦手で自分には書けない……と言っているのを見つけて私はうれしくなり、思わず本の中のサルトルに向かって〝サルトルさん、あなたの苦手なその小さな短い詩は私が書けますから、あなたに代わって私が書いてあげますから〟と詩など書いたことも作ったこともないのに大胆にも勝手に語りかけ勝手に約束してしまっていた。

読んで理解は出来てもこのような分厚い長文の論文を書くなどということは到底出来ない、とサルトルに圧倒されていた私には、小さい短い詩を作ること位簡単なことだ、何でもない、とこれを若気の至りというのであろうか、いとも軽く考え、高を括っていたのである。

だが現実はそれ程甘くはなかった。

この後にどんな苛酷な人生が待ち構えていようとはその時は知る由もなく、そのうち気が向けば簡単に作れるだろう位に思われた詩が、実際に作られ手にしたのは実に六十年後のことであり、その間私は生活に追われ、お金に追われて詩のことなど殆んど忘れていたのである。

このたび念願の歌集を無事に出版することが出来、あの時秘かにサルトルさんへ約束した〝小さな短い詩〟を実現することが出来たと思える今、その年月の長さに感慨無量、感極まって私は泣いてしまうのであるが。

そして今思うことは、才能とか素質というものは人にどれだけいじられ、ゆがめられ叩かれようとも、頭の片隅にちょっとでも残っていれば何年経《た》とうとも人間生きている限り必ず芽を出し、それに気付いて努力すれば必ず花は咲き実を結んで現実のものとなる、ということである。

私の例を見よ、と言いたい。

決して好んで自分の頭を実験台に使った訳ではないけれど、このような長い年月のあとにも実現したこの現実に、私はとても稀有な貴重な贈り物を神様から頂いた、と崇高な気持ちにさせられるのである。

そして本を買って頂いたお礼に、この「小さな短い詩」に関する私の思い出話、秘密の打ち明け話をご披露しちょっとしたエピソードとして皆さんに知って頂き少しでも喜んで頂けるならと書き記したが、これは私の皆様へのお礼なのである。

願わくば、あるまじき目に遭っていた間に、心ならずも散らしてしまい消えてしまったいくばくかの私の才能を、多少なりとも惜しんで頂けたら幸いである。

令和五年一月二十一日

筆者

再婚後（夫撮影）

公共機関会議控室にて（アルバイト）

キーム湖（ドイツ）船着き場のフェリー船上にて

北京　万里長城碑前

ヨーロッパ旅行

著者プロフィール

鎌倉 瑞江（かまくら みずえ）

1942年生まれ。
愛知県出身。
早稲田大学教育学部英語英文学科卒業。
東京工業大学外国語視聴覚室勤務。
結婚相談所アドバイザー。
結婚・離婚を経て渡仏、パリへ。
ソルボンヌ大学卒業目前に金欠となり、止むなく帰国。
その後日本にて再婚、現在に至る。
神奈川県在住。

伊豆に歌えば 鎌倉瑞江第一歌集

2023年7月15日 初版第1刷発行

著　者 鎌倉 瑞江
発行者 瓜谷 綱延
発行所 株式会社文芸社
〒160-0022 東京都新宿区新宿1－10－1
電話 03-5369-3060（代表）
03-5369-2299（販売）

印刷所 株式会社フクイン

ISBN978-4-286-24216-3